WITHDRAWN

# Milk

우유

Once upon a time there was a little boy named Milk. His skin was white just like the color of milk. He lived in Korea but his parents lived in America. He would tell all his friends, "My parents live in America and I'm going to live in America too. My parents are coming to get me." He waited and waited and then waited some more.

아주 옛날 우유라는 어린소년이 있었어요. 그 소년의 피부는 우유 빛깔처럼 아주 하얬어요. 우유는 한국에 살고 있었고 우유의 부모님은 미국에 살고 있었어요. 우유는 모든 친구들에게 말했어요, "내 부모님은 미국에 살고 계셔. 그리고 나 또한 미국에서 살게될거야. 내 부모님이 날 데리러 오실꺼거든." 우유는 기다리고 또 기다리고, 좀 더 기다렸어요.

Every day his Korea mother would hug him, show him pictures of his parents in America, play games with him, take him to the park, make food for him and love him.

매일 매일 한국엄마는 우유를 안아주시고,
미국에 있는 부모님 사진들도 보여주시고,
우유와 게임도 하시며, 공원에도 놀러 가시며,
맛있는 음식도 만들어 주시고, 우유를 많이
사랑해 주셨어요.

Every day his mother in America would pray for him, show pictures of Milk to her friends, buy him gifts, write him letters and love him. She waited and waited and then waited some more. She would tell all her friends, "My son is in Korea, but he is going to live in America. We are going to go get him."

매일 매일 미국에 있는 엄마는 우유를 위해 기도하시고, 우유의 사진들을 친구들에게 보여주시며, 우유를 위한 선물도 사시고, 우유에게 편지도 쓰시며, 우유를 많이 많이 사랑했어요. 엄마는 기다리고 또 기다리고 좀 더 기다렸어요. 엄마는 친구들에게 말했어요. "내 아들은 한국에 있어. 근데 미국에 와서 살게 될꺼야. 우리가 곧 데리러 갈거거든."

The day finally came for Milk to meet his parents.
Milk's parents flew on a plane all the way from America to
meet him.


드디어 우유가 부모님을 만나는 날이 오게
되었어요. 우유의 부모님은 저 멀리 미국에서
우유를 만나기 위해 비행기를 타고 오셨어요.

When they met each other, they all felt shy but they smiled at each other, hugged, blew bubbles, played with a little toy duck and a toy airplane. Milk's parents gave him a suitcase to pack his favorite things in and promised him that the next time they saw him, they would come back to take him to America with them.

우유와 부모님이 만났을때 서로 부끄러웠지만 서로 웃음 지으며 안아주고, 비눗방울도 불고, 작은 오리 장난감과 비행기 장난감을 가지고 재미있게 놀았어요. 우유의 부모님은 우유에게 우유가 좋아하는 물건들을 담을 짐가방을 건네주며 다음번에 만날때는 부모님과 함께 미국으로 같이 데리고 가겠다고 약속했어요.

Milk would tell all his friends, "My parents live in America and I'm going to live in America too. My parents are coming to get me." He waited and waited and then waited some more. Every day his Korea mother would hug him, show him pictures of his parents in America, play games with him, take him to the park, make food for him and love him.

우유는 모든 친구들에게 말했어요. "내 부모님은 미국에 살고 계셔. 그리고 나 또한 미국에서 살게될거야. 내 부모님이 날 데리러 오실꺼거든." 우유는 기다리고 또 기다리고 좀 더 기다렸어요. 매일 매일 한국엄마는 우유를 안아주시고, 미국에 있는 부모님 사진들도 보여주시고, 우유와 게임도 하시며, 공원에도 놀러 가시며, 맛있는 음식도 만들어 주시고, 우유를 많이 사랑해 주셨어요.

Every day his mother in America would pray for him, show pictures of Milk to her friends, prepare his room and love him. She waited and waited and then waited some more. She would tell all her friends, "My son is in Korea, but he is going to live in America. We are going to go get him."

매일 매일 미국에 있는 엄마도 우유를 위해 기도하시고, 우유의 사진들을 친구들에게 보여주시고, 우유의 방을 꾸미고, 우유를 많이 사랑했어요. 엄마는 기다리고 또 기다리고, 좀 더 기다렸어요. 엄마는 친구들에게 말했어요. "내 아들은 한국에 있어 근데 미국에 와서 살게될꺼야. 우리가 데리러 갈거거든."

The day finally came for Milk to leave his Korea parents. He had his suitcase packed with all his favorite things. He was so sad because he loved his Korea parents so much. But Milk knew that his Korea parents would always love him and that one day he could return to Korea to visit them.

마침내 우유가 한국 부모님을 떠날 날이 다가왔어요. 우유는 제일 좋아하는 물건들을 짐가방에 넣었어요. 우유는 한국 부모님을 아주 많이 사랑했기 때문에 떠나는 것이 많이 슬펐어요. 그러나 우유는 알고 있었죠, 한국 부모님은 언제나 우유를 사랑할것이고 언젠가 한국을 방문하여 한국 부모님을 꼭 다시 만날거라는걸요.

Milk's parents flew on a plane all the way from America again. When they saw each other, they all felt shy but they smiled at each other and hugged.

Milk, his Korea parents and his parents, cried and cried when it was time to say good-bye.

또 다시 우유의 부모님은 저 멀리 미국에서 비행기를 타고 오셨어요. 우유와 부모님이 만났을때, 서로 부끄러웠지만 서로 웃음 지으며 안아주었어요.

서로 헤어져야 할 시간이 돌아오자 우유 한국 부모님, 그리고 우유 부모님까지 모두 울고 또 울었어요.

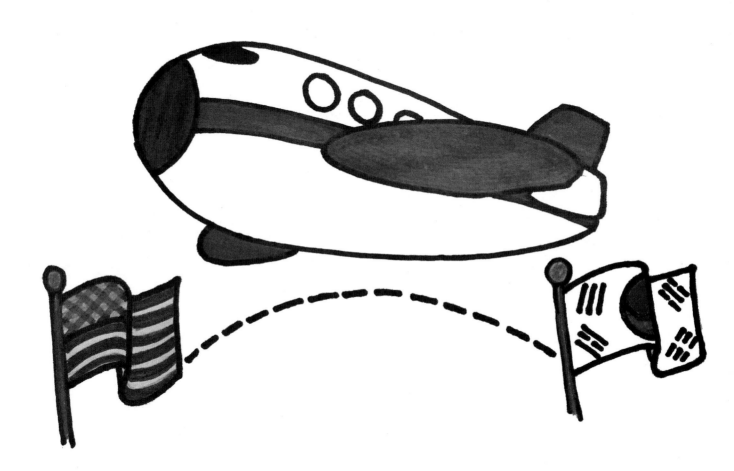

Milk was excited to fly on the airplane, meet his sisters and have lots of new adventures in America.

우유는 비행기를 타고 누나들을 만나고, 미국에 가서 많은 새로운 모험들을 할 생각에 신이 났어요.

What kind of adventures do you think Milk had when he got to America?

우유가 미국에 가서 어떤 모험들을 하게 되었을까요?

Made in the USA
Monee, IL
11 November 2021